CATALOGUE

D'OBJETS D'ART

ET

DE CURIOSITÉ

Porcelaines de Vienne, de Berlin & de Saxe, Ivoires
sculptés, Objets en fer ouvragé, Objets de Montre
Reliures du XVIᵉ siècle;

COUPE EN CRISTAL DE ROCHE GRAVÉ

Tapisseries anciennes; Curiosités diverses;

TABLEAUX ANCIENS

DES DIVERSES ÉCOLES

POUR LA MAJEURE PARTIE

ARRIVANT DE L'ÉTRANGER

dont la vente aux enchères publiques aura lieu

HOTEL DROUOT

SALLE N° 6

Le Lundi 2 Mars 1868

À UNE HEURE ET DEMIE

Mᵉ **DELBERGUE-CORMONT**, Commissaire-Priseur,
rue de Provence, 8,

Assisté de M. **DHIOS**, Expert, rue Le Peletier, 33.

Chez lesquels se délivre le présent catalogue.

EXPOSITION PUBLIQUE

Le Dimanche 1ᵉʳ Mars 1868, de midi à cinq heures.

PARIS — 1868

RENOU & MAULDE

Imprimeurs de la Compagnie des Commissaires-Priseurs,

RUE DE RIVOLI, 144

CATALOGUE

D'OBJETS D'ART

ET

DE CURIOSITÉ

Porcelaines de Vienne, de Berlin & de Saxe, Ivoires sculptés, Objets en fer ouvragé, Objets de Montre, Reliures du XVIe siècle;

COUPE EN CRISTAL DE ROCHE GRAVÉ

Tapisseries anciennes; Curiosités diverses;

TABLEAUX ANCIENS

DES DIVERSES ÉCOLES

POUR LA MAJEURE PARTIE

ARRIVANT DE L'ÉTRANGER

dont la vente aux enchères publiques aura lieu

HOTEL DROUOT

SALLE Nº 6

Le Lundi 2 Mars 1868

A UNE HEURE ET DEMIE

Mᵉ **DELBERGUE-CORMONT**, Commissaire-Priseur,
rue de Provence, 8,

Assisté de M. **DHIOS**, Expert, rue Le Peletier, 33,

Chez lesquels se délivre le présent catalogue.

EXPOSITION PUBLIQUE

Le DIMANCHE 1ᵉʳ Mars 1868, de midi à cinq heures.

PARIS — 1868

CONDITIONS DE LA VENTE

Elle sera faite au comptant.

Les Acquéreurs paieront CINQ POUR CENT en sus du prix d'adjudication.

L'Exposition mettant les Acquéreurs à même de se rendre compte de l'état des Tableaux, il ne sera reçu aucune réclamation une fois l'adjudication prononcée.

DÉSIGNATION

TABLEAUX

DES DIVERSES ÉCOLES

ANGER MEYER.

1 — Oiseau sur une branche.

ASSELYN.

2 — Paysage animé de figures.

ASSELYN (École de).

3 — Le Passage du gué ; effet de Soleil couchant.

BEAUBRUN.

4 — Portrait d'un Magistrat.

BELLANGÉ (Hippolyte).

5 — Cuirassiers ; croquis à la plume.

BLAIN DE FONTENAY.

6 — Nature morte.

Melon, Corbeille de raisins et de pêches, figues, vidrecome, biscuits, etc., groupés sur une table recouverte d'un tapis de Turquie.

BLOEMEN (Pierre van).

7 — Un Camp.

Trois Cavaliers, dont un sonnant de la trompette, sont arrêtés auprès d'une tente. Un chien aboie contre un mendiant accroupi.

BRAMER (Léonard).

8 — Diogène.

BRAUWER (Adrien).

9 — Intérieur.

Deux vieilles femmes barattent le beurre, en présence d'un homme enveloppé d'un manteau rouge ; à terre, chaudrons, plats d'étain, bottes d'oignons, etc. Tableau traité en esquisse et d'un coloris chaud et transparent.

BREDA (van).

10 — Chasse au Faucon.

CHAPERON (Nicolas).

11 — Bacchanale.

Cette gracieuse composition a été gravée à l'eau-forte, avec quelques changements, par Chaperon.

CLAYS (P.-J.).

12 — Marine ; barques de pêcheurs.

CORREGE (École du).

13 — La Madeleine.

CUYLEMBURG.

14 — Diane et ses nymphes au bord d'une rivière.

DAEL (D'après van).

15 — Bouquet de fleurs dans un verre d'eau.

DIEBOLDT.

16 — Port de mer du Levant.

DIEPRAEM.

17 — Ménagère dégustant un verre de vin.

18 — Fumeur ; pendant du précédent.

DOES (van der).

19 — Moutons, brebis et chèvres au milieu d'une prairie. A droite, ancien mausolée et chien s'abreuvant à une mare.

DROOGSLODT.

20 — Hommes d'armes rançonnant des paysans. Composition animée d'une infinité de petites figures.

DUPLESSIS.

21 — Portrait d'un homme de qualité. Epoque de Louis XVI.

DYCK (D'après VAN).

22 — Sainte Famille.

L'original est dans la galerie de Vienne.

FABRICIUS.

23 — Tête d'homme.

GIOTTO (École du).

24 — Triptyque ; peinture sur fond d'or gaufré.

Le volet du milieu représente la Vierge, l'Enfant Jésus et Sainte Anne. Dans le haut, le Père Éternel. Sur les volets des côtés, figures de saints et anges.

GOSSE (N.), 1829.

25 — Sapho.

GOYEN (JAN VAN).

26 -- Paysage.

A gauche, grands arbres et cabanes auprès desquelles sont arrêtés des cavaliers, des piétons et des chariots ; à droite, plaine arrosée par une rivière.

Très-fine qualité du maître ; signé du monogramme V G et daté 1635.

GREUZE (École de).

27 — Tête de jeune fille.

GUERCHIN.

28 — Saint Jérôme.

Vigoureuse étude.

HAKKERT.

29 — Paysage.

Un torrent formant des chutes d'eau, coule à travers un pays boisé. A droite, halte de villageois à l'ombre de grands chênes.

HEEM (De).

30 — Nature morte.

Bol de porcelaine du Japon, plein de fraises, renversé sur un plat de métal, à côté d'un citron pelé et d'une grappe de raisin.

HEEM (De).

31 — Nature morte.

Raisins, prunes, amandes, abricots et noisettes.

LACROIX.

32 — Port de mer italien.

Composition dans la manière de J. Vernet.

MICHAU (Attribué à T.).

33 — Paysage.

Village au bord d'un fleuve ; sur le premier plan, marchands de poissons.

MIGNON.

34 — Fleurs et oranges sur une table.

MIREVELT.

35 — Portrait d'homme à barbe blanche.

MOLYN (Pierre).

36 — Petit paysage avec figures.

LANFRANC.

37 — Figure de vieillard à mi-corps.

Il tient à la main une peau et un couteau.

LEPRINCE (Xavier).

38 — Vue d'une barrière de Paris : boulevards extérieurs.

Chariots, patache et saltimbanques.

MYN (van der).

39 — Vertumne et Pomone.

PARMESAN.

40 — L'Annonciation.

Marie, agenouillée auprès d'un pupitre formé d'une statuette d'ange en bronze, écoute avec recueillement les paroles de l'ange Gabriel tenant une branche de lys.

PATEL.

41 — Paysage orné d'architecture.

PATER.

42 — Figures d'étude pour le tableau : *les Aveux indiscrets.* Jolie esquisse finement peinte.

RAOUX.

43 — Jeune Dame debout tenant un masque dans sa main gauche.

REMBRANDT (D'après).

44 — Tête d'homme.

Belle copie d'après le tableau du Musée impérial de Vienne.

RIGAUD.

45 — Portrait d'homme ; il tient une pipe dans sa main droite.

ROOS (Henri).

46 — Bergère gardant des chèvres et des moutons.

ROTTENHAMER.

47 — La Sainte Vierge et Sainte Anne.

ROTTENHAMER.

48 — Naissance de Jésus-Christ.

STOCKLEIN.

49 — Intérieur d'Église.

TENIERS.

50 — Buveurs dans un Cabaret.

TRAUTMAN.

51 — Incendie d'une ferme attenant à une vieille tour.

52 — Pendant du précédent.

TORENVLIET.

53 — Petit portrait d'homme avec bonnet et vêtement à fourrures.

TOURNIÈRES (Robert).

54 — Sommeil de Danaë.

VALLIN.

55 — Tête de jeune fille.

Elle est vue en buste, la gorge à demi découverte ; et la tête inclinée en arrière.

ZUCCHARELLI.

56 — Paysage.

Site accidenté avec pasteurs et troupeau de moutons au premier plan.

57 — Paysage, effet de lune ; Villageois arrêtés sur une route ; dans le fond des ruines.

58 — Villageois sur une route.

ÉCOLE BYZANTINE.

59 — La Vierge et l'Enfant, peinture sur fond d'or.

ÉCOLE ALLEMANDE.

60 — Deux têtes de vieillards dessinées à la plume sur marbre.

ÉCOLE ANGLAISE.

61 — Paysage ; esquisse.

ÉCOLE FRANÇAISE.

62 — Bacchante vue en buste, la gorge à demi découverte.

ÉCOLE FRANÇAISE.

63 — Fête champêtre, danse sur une place de village.

64 — Chien de chasse.

ÉCOLE FLAMANDE.

65 — L'Adoration des bergers.

ÉCOLE ITALIENNE.

66 — La Vierge tient sur ses genoux l'Enfant Jésus auquel le petit Saint Jean offre un fruit.

67 — Tableaux omis.

OBJETS D'ART & DE CURIOSITÉ

68 — Coupe en cristal de roche gravé.

Elle est de forme semi-ovoïde contournée, gravée d'arabesques et de rinceaux, et surélevée sur un pied à pans coupés et gravé aussi d'ornements. Jolie monture, en or et argent, ciselée à grappes de raisins et ornée de quatorze petits camées antiques en pierre dure.

69 — Poignard en ivoire sculpté; la poignée est ornée des figures de Mars et de Vénus au milieu d'ornements.

70 — Deux petites plaques en ivoire représentant des paysages avec de petites figures.

71 — Petite Statuette en argent doré et ciselé, représentant la Fortune.

72 — Portrait de jeune femme vêtue d'un corsage bleu à dentelles, miniature de forme ronde.

73 — Tabatière carrée en agate; le dessus est orné d'un bas-relief en ivoire, représentant Vénus et l'Amour.

74 — Coupe en agate surélevée sur piédouche.

75 — Une très-jolie série de Tasses, Soucoupes, Cabarets, Vases, Assiettes, Théières, Corbeilles à fruits de formes et de décors variés, en porcelaine de Vienne, Berlin, Saxe, etc. Un grand nombre de ces pièces sont décorées de scènes d'intérieur, de sujets mythologiques, bibliques et de sainteté, d'épisodes militaires, de bouquets de fleurs et d'ornements variés. Ce lot considérable sera divisé.

76 — Trois pièces émaillées ornées de paysages : Plaque ronde, petit flacon et dé à coudre.

77 — Un lot de Livres à reliures du XVIe siècle; Albums à gravures, Cartes et plans topographiques; sera divisé.

78 — Neuf Figures représentant des artisans ; papier gaufré et pointillé ; les têtes et les mains sont lavées à l'aquarelle.

79 — Trois Médaillons à portraits en Wedgwood.

80 — Deux Figurines en bois sculpté : modèles de la manufacture de Saxe.

81 — Un lot de Clefs, Serrures et objets divers en fer ouvragé; sera divisé.

82 — Grande Tapisserie d'Aubusson ; paysage avec personnages.

83 — Les Objets omis.

Renou et Maulde, imprimeurs de la Compagnie des Commissaires-Priseurs, rue de Rivoli, 144.   12156